Sommaire

Dans le carnet de lecture, les mots suivis d'une * renvoient aux définitions clés (p. 60-62).

L'AUTEUR

Conan Doyle (1859-1930)

■ Arthur Conan Doyle est né en 1859 à Édimbourg (Écosse). Pendant ses études secondaires, il lit beaucoup et découvre Edgar Allan Poe et son enquêteur le chevalier Dupin. Il étudie ensuite la médecine à l'université d'Édimbourg où il fut l'élève du célèbre professeur Bell.

■ La **méthode déductive de Bell** pour formuler ses diagnostics (« Vous devez utiliser les yeux, les oreilles, les mains, le cerveau, l'intuition, et par-dessus tout votre capacité déductive. Vous devez déduire des différents éléments, reliés entre eux de façon adéquate, le mal qui afflige les patients. ») suggérera au futur écrivain la démarche de son détective, **Sherlock Holmes**.

■ Après plusieurs voyages comme médecin de bord, Doyle ouvre un cabinet médical et commence à écrire, en attendant ses patients, une première nouvelle intitulée *Une étude en rouge* (1887) dans laquelle apparaît pour la première fois **le célèbre détective Sherlock Holmes**. Mais le succès n'est pas immédiat et n'intervient qu'après la publication du *Signe des Quatre* en 1890. Suivent *Scandale en Bohême* et la *Ligue des Rouquins* en 1891. Sa renommée s'établit à partir de cette époque et notamment quand le journal *Strand Magazine* en 1892 réunit ses six premières nouvelles qu'il publie sous le titre : *Les aventures de Sherlock Holmes*. *Le ruban moucheté* (ou *La bande mouchetée* selon les traductions) fait partie de cet ensemble.

■ Doyle abandonne la médecine pour se consacrer à la littérature, mais il ambitionne d'écrire des romans historiques ou des récits de science-fiction plutôt que des romans policiers. C'est pourquoi il décide, dans sa vingt-quatrième nouvelle, *Le Dernier problème* (1893), de mettre un terme aux aventures du célèbre détective en le précipitant du haut d'un ravin (1893). Mais **en 1901, sous la pression du**

public il se voit contraint de ressusciter son héros dans *Le Chien des Baskerville*.

■ Par la suite, il tente une carrière politique, mais il échoue. Il est **anobli en 1902**, prenant **le titre de Sir Arthur Conan Doyle**. Il prend part aux campagnes d'Afrique du Sud et à la Première Guerre mondiale. La dernière aventure de Sherlock Holmes s'appelle *Son dernier coup d'archer* (1917). Il publie son autobiographie en 1924 puis meurt en 1930 d'une crise cardiaque.

Portrait de Sir Conan Doyle (1859-1930).

UN GENRE

Le récit policier

Un genre hétérogène

■ Le récit policier connaît, depuis son apparition, un réel succès populaire que l'époque contemporaine ne dément pas.
Mais qu'entend-on par récit policier ? Roman à énigme, roman à suspense, roman noir, polar, néo-polar, autant de termes dont on perçoit la parenté, mais qui laissent perplexe quand on cherche à en saisir les nuances. Quel est le point commun entre toutes ces appellations ? crime ? enquête ? mort ? frissons ? Voilà, certes, les ingrédients nécessaires dans un « bon polar », mais ils ne sont pas suffisants pour expliquer les ressorts du genre. Le genre se présente en effet de façon très hétérogène et on peut même le voir évoluer au fil des époques, d'une manière tout à fait intéressante et révélatrice.

Historique du genre

■ À quand remonte le récit policier ? **Depuis toujours, crime, mystère et enquête font partie de l'existence humaine**. Caïn, meurtrier de son frère, n'est-il pas le premier criminel de l'humanité ? Certaines histoires d'Hérodote ou certains passages de la Bible ne s'apparentent-ils pas au déroulement d'une enquête policière ? Et surtout, la filiation entre *Œdipe roi* et le roman policier n'est-elle pas tout à fait évidente ? Comment ne pas voir dans le héros de Sophocle une anticipation des figures réunies du détective et de l'assassin ? Œdipe élucide une énigme (celle du Sphynx) et recherche ensuite le meurtrier du roi de Thèbes, ce qui l'entraîne sur les traces d'un coupable qui n'est autre que lui-même !

■ Cependant, le récit policier, en tant que genre nouveau, est **né au XIXᵉ siècle**. Il voit le jour dans un siècle en proie à des bouleversements sociaux importants liés à la Révolution Industrielle. L'univers des villes se transforme alors, se trouve associé à la misère, à la criminalité : le récit policier prend son essor, par le biais des feuilletons que la presse à grand tirage en pleine expansion diffuse ; il exprime **les peurs nouvelles liées à l'existence de la pauvreté et au développement du crime**. Les progrès de la science ouvrent parallèlement des voies nouvelles permettant des méthodes d'identification et de rationalisation, et offrant ainsi un espoir pour combattre le Mal.

■ Ceci correspond à la naissance de ce que l'on a appelé, en Angleterre, le *detective novel*, **le « roman de détection »** dans lequel l'énigme à résoudre est le moteur de l'action. Dans ces récits à énigme, **les enquêteurs occupent un rôle de premier plan et incarnent les valeurs du Bien et de la justice**. Le roman de détection connaîtra son âge d'or entre les deux guerres, le meurtre en chambre close (train, île, appartement) sera alors un des motifs privilégiés des lecteurs friands d'énigmes complexes et insolites.

■ Des enquêteurs célèbres (Rouletabille, Hercule Poirot, Miss Marple, Nero Wolfe, le Père Brown...) succèderont au chevalier Dupin (d'Edgar Poe) et à l'incontournable Sherlock Holmes qui figure ici dans l'une de ses premières aventures.

■ Dès 1920, cependant, naît aux Etats-Unis un genre nouveau en rupture avec le roman à énigme : **le roman noir**. La crise économique de 1929 et la Prohibition créent un climat de violence sociale. Le genre policier évolue alors vers des histoires et des formes d'écriture plus brutales, les histoires dénoncent la corruption et mettent en évidence la misère sociale.

■ Le genre, qui n'a cessé d'évoluer, montre une vitalité extraordinaire puisée dans la substance même dont il se nourrit, la société, le monde dont il est le reflet, un monde en mutation qui livre des angoisses toujours nouvelles. Ne faut-il pas rappeler à ce propos, pour trouver une unité constitutive du genre, l'étymologie du mot « policier » ? **Est « policier » ce qui ressort de la Cité** (*polis* signifie « cité » en grec), de l'organisation des hommes. Le récit policier ne serait-il pas le récit de la Cité, de la société, « celui qui porte en lui la part d'ombre de la civilisation citadine et qui met en scène cette part d'ombre » ?

Le lecteur de récit policier

■ Quel est donc le lecteur de récit policier ? Ils sont nombreux et amateurs de courants différents. Jean Cocteau disait : « Je lis beaucoup de romans policiers. Je n'y cherche plus, hélas ! le lyrisme absurde de Fantômas, le charme naïf d'Arsène Lupin, la tendresse mélancolique de Rouletabille, mais j'y trouve autre chose, une force physique et un style moderne, une connaissance de l'âme, qui dépassent de loin ce que nos romanciers produisent. Je m'étonne, en face d'œuvres où une sorte de génie éclate dans l'allure générale et le détail, qu'on les mésestime sous prétexte qu'ils figurent dans des collections populaires... ».

■ Le lecteur de romans policiers (notamment dans le cas du récit à énigme) se distingue toutefois des autres lecteurs en ce sens que **sa lecture est une lecture soupçonneuse**. « Le lecteur de roman policier est un lecteur incrédule, qui lit avec méfiance, avec une méfiance particulière » (Jorge Luis Borgès). En effet, un crime est commis. Qui a tué ? Pourquoi ? Comment ? L'histoire du crime étant cachée, il appartient au détective et au lecteur d'interpréter les éléments et de la reconstruire. **La lecture d'un roman policier requiert la collaboration du lecteur**, l'implique dans **le décryptage des indices** qui lui révèleront la vérité cachée.

■ L'œuvre policière a ceci de particulier que, plus nettement qu'aucune autre, elle est une « **œuvre préméditée** ». L'auteur de roman policier dispose dans son texte un certain nombre d'indices à relier, à interpréter, met le lecteur en activité. Celui-ci entame donc une partie avec l'auteur au cours de laquelle il lui faut démêler le vrai du faux (fausses pistes, brouillages, masquages). Tout le plaisir de la lecture de récit policier repose sur ce jeu subtil et excitant, jamais gagné d'avance car, « Bon sang, mais c'est bien sûr ! », ce qui peut apparaître comme évident au moment de l'explication finale (ou de l'étude) n'est pas si facile à découvrir lors de la première lecture !

L'ŒUVRE

Conan Doyle

Le ruban moucheté

« Il ne bougeait pas »,
illustration de Sidney von Paget (1861-1909)
pour *Le ruban moucheté* (1883).

Voici huit ans que j'étudie les méthodes de mon ami Sherlock Holmes. Quand je compulse les notes que j'ai prises, je ne compte pas moins de soixante-dix affaires sortant de l'ordinaire. Il y en a de tragiques, de comiques, de simplement bizarres, mais aucune ne saurait prétendre à la banalité. La raison en est facile à comprendre : Holmes travaillait bien davantage pour l'amour de l'art que pour s'enrichir. Un tel désintéressement l'a donc incité à ne pas se mêler de cas vulgaires : il lui fallait l'inhabituel, et même le fantastique.

Il me semble que l'histoire la plus singulièrement fantastique est celle qui le mit en rapport avec la célèbre famille du Surrey[1], les Roylott de Stoke Moran. Les événements en question remontent aux débuts de notre association, lorsque nous partagions en garçons[2] le même appartement dans Baker Street. Sans doute les aurais-je relatés plus tôt si je n'avais été tenu par ma parole d'honneur. Mais la dame qui me l'avait demandée est morte le mois dernier, et je me trouve délié de tout engagement. Au reste, il n'est pas mauvais que la vérité sur cette affaire soit enfin publiée ! J'ai en effet de bonnes raisons de penser que le décès du docteur Grimesby Roylott a donné lieu à quantité de rumeurs dans le public ; la vérité est à peine moins horrible ; mais enfin elle l'est moins.

De très bonne heure, un matin d'avril 1883, je m'éveillai parce que Sherlock Holmes, tout habillé, s'approchait de mon lit. Mon ami n'avait rien d'un « lève-tôt » ; comme le pendule marquait sept heures et quart, je lui décochai un regard où l'étonnement se mêlait à quelque ressentiment : j'étais moi-même un homme à habitudes régulières, et je n'aimais guère être dérangé à des heures indues.

1. Région de l'Angleterre au sud du bassin de Londres.

2. En célibataires.

« Désolé de vous tirer du sommeil, Watson ! fit-il. Mais vous n'échapperez pas au sort commun : Hudson[3] a été réveillée ; elle m'a réveillé ; à mon tour je vous réveille.

– Qu'est-ce qui se passe ? Le feu ?

– Non, pas le feu ; une cliente. Il paraît qu'une jeune dame vient d'arriver, très excitée, et qui insiste pour me voir immédiatement. Elle m'attend dans le salon. Lorsque de jeunes dames se promènent en ville à une heure aussi matinale, et qu'elles tirent d'honnêtes gens de leurs lits, je crois qu'elles ont quelque chose d'urgent à communiquer. En admettant qu'il s'agisse d'une affaire intéressante, vous ne demanderiez pas mieux, je pense, que de la suivre dès le début. Voilà pourquoi je vous ai dérangé : pour vous donner une chance.

– Mon cher ami, je m'en voudrais de la rater ! »

Rien ne me plaisait plus que de coller à Holmes pendant ses enquêtes ; j'admirais la rapidité de sa logique : tellement prompte qu'elle rivalisait avec l'intuition ; elle déroulait toujours ses propositions en partant d'une base solide, grâce à quoi il débrouillait les problèmes les plus compliqués qui étaient soumis à sa sagacité d'analyste. En quelques minutes je fus habillé, et prêt à accompagner mon ami dans le salon. Une dame vêtue de noir et dont le visage était caché par une voilette épaisse se leva quand nous entrâmes.

« Bonjour, madame ! dit Holmes aimablement. Je m'appelle Sherlock Holmes, et voici mon confrère et ami le docteur Watson. Vous pouvez parler aussi librement devant lui que devant moi… Ah ! je suis content que Mme Hudson ait eu la bonne idée d'allumer le feu ! Asseyez-vous près de la cheminée. Je vais commander pour vous une tasse de café, car vous frissonnez.

3. Hudson : nom de la femme chargée des tâches ménagères dans l'appartement de Sherlock Holmes et de Watson.

– Ce n'est pas le froid qui me fait frissonner ! répondit la dame d'une voix étouffée tout en changeant de siège comme on l'en avait priée.

– Quoi donc alors ?

– La peur, monsieur Holmes. Je suis terrorisée ! »

Elle releva sa voilette, et nous fûmes à même de constater qu'elle se trouvait énervée à un degré pitoyable : ses traits étaient tirés, sa peau grise ; ses yeux agités trahissaient l'épouvante ; on aurait dit un animal traqué. Elle semblait avoir une trentaine d'années, mais ses cheveux avaient prématurément grisonné ; elle donnait l'impression d'une femme épuisée, égarée. Sherlock Holmes lui dédia un regard aussi pénétrant que compréhensif.

« Vous ne devez plus avoir peur ! dit-il doucement, en se penchant vers elle pour tapoter sur son bras. Nous allons vite arranger cette affaire, j'en suis certain… Vous êtes arrivée par le train ce matin, n'est-ce pas ?

– Vous me connaissez donc ?

– Non, mais je remarque un billet de retour dans la paume de votre gant gauche. Et vous avez dû partir de bonne heure. Et vous avez fait une longue course en cabriolet, sur de mauvaises routes, avant d'atteindre la gare. »

La dame sursauta, et considéra mon camarade avec ahurissement.

« Ne cherchez aucun mystère, chère madame ! dit-il en souriant. Sur la manche gauche de votre veste, il y a ces taches de boue, très fraîches. Le seul moyen de transport qui projette ainsi de la boue est un cabriolet ; et je suis sûr que vous étiez assisse à gauche du cocher.

– Vous avez raison, dit-elle. J'ai quitté la maison avant six heures, je suis arrivée à Leatherhead vers six heures vingt, et j'ai pris le premier train pour Londres. Monsieur, je n'en peux plus : je deviendrai folle si ça continue ! Je n'ai personne vers qui me tourner. Personne ! sauf quelqu'un, qui me témoigne de l'intérêt, mais qui ne peut guère me secourir, le pauvre ! J'ai entendu parler de vous, monsieur Sherlock Holmes. C'est Mrs. Farintosh qui m'a parlé de vous : vous l'avez aidée lorsqu'elle était en grand besoin de l'être. C'est elle qui m'a indiqué votre adresse. Oh, monsieur ! Ne croyez-vous pas que vous pourriez m'aider aussi ? Si seulement je pouvais voir un petit peu plus clair dans la nuit où je me débats ! Pour l'instant, il m'est impossible de vous offrir quoi que ce soit pour le service que vous me rendriez. Mais dans un mois ou deux je serai mariée, je pourrai disposer de mes revenus, et je vous jure que vous n'aurez pas obligé une ingrate ! »

Holmes alla vers son bureau, ouvrit un tiroir et sortit un fichier qu'il consulta.

« Farintosh ! dit-il. Ah ! oui ! Je retrouve l'affaire de ce nom-là : il s'agissait d'un diadème avec des opales[4]... C'était avant notre association, Watson. Je vous dirai simplement, madame, que je serais heureux de m'occuper de vous et que j'apporterai à votre cas autant de diligence qu'à celui de votre amie. Quant à mes honoraires, mon métier lui-même comporte toutes sortes de récompenses. S'il entre dans vos intentions de me défrayer des dépenses que je pourrais avoir à supporter, alors vous me réglerez quand cela vous sera le plus facile, voilà tout. Pour l'instant, je vous serais reconnaissant de bien vouloir exposer tous les faits qui pourraient m'aider à former une opinion sur votre affaire.

– Hélas ! répondit notre visiteuse. Ce qui fait l'horreur de ma situation est que mes craintes sont très imprécises, et que mes soupçons ne sont fondés que sur de tout petits détails qui, à quelqu'un d'autre, paraîtraient insignifiants. La personne, par exemple, dont je souhaiterais tirer de l'aide et un avis, de préférence à qui que ce soit au monde, prend mes récits pour les lubies

4. Pierres précieuses.

d'une femme trop nerveuse. Il ne me le dit pas aussi nettement que cela, mais je le devine d'après le ton lénitif[5] de sa voix, ou d'après son regard qui fuit... On m'a affirmé, monsieur Holmes, que vous étiez capable de voir loin dans la méchanceté du cœur humain : en ce cas, vous pourriez me guider parmi les dangers qui guettent chacun de mes pas.

– Je vous écoute très attentivement, madame.

– Je m'appelle Helen Stoner, et je vis avec mon beau-père, qui est le dernier survivant de l'une des plus vieilles familles saxonnes de l'Angleterre, les Roylott de Stoke Moran, à l'extrémité ouest du Surrey. »

Holmes hocha la tête :

« C'est un nom connu, dit-il.

– Autrefois, cette famille comptait parmi les plus riches de l'Angleterre ; son domaine s'étendait jusque dans le Berkshire vers le nord et dans le Hampshire vers l'ouest. Au siècle dernier, cependant, quatre héritiers successifs dilapidèrent les biens, et la ruine de la famille fut achevée à l'époque de la Régence par un joueur. Tout ce qui fut sauvé se résume à quelques hectares et à une maison, qui a deux cents ans et qui est écrasée par une lourde hypothèque. Le dernier propriétaire y traîna une existence misérable : celle d'un aristocrate ruiné. Mais son fils unique, mon beau-père, comprit qu'il devait s'adapter à de nouvelles conditions de vie : il obtint un prêt de l'un de ses proches, réussit dans ses études de médecine et alla s'établir à Calcutta ; à force de persévérance et grâce à ses qualités professionnelles, il se fit une importante clientèle. Toutefois, dans un accès de colère, et sous le prétexte que quelques vols avaient été commis dans sa maison, il battit à mort son majordome, un indigène, et il échappa de peu à la peine capitale. Il demeura de longues années en prison, puis il regagna l'Angleterre : ce n'était plus qu'un homme aigri, un raté.

5. Apaisant.

Pendant que le docteur Roylott était aux Indes, il avait épousé ma mère, Mrs. Stoner, jeune veuve du major-général Stoner, de l'artillerie du Bengale. Ma sœur Julia et moi étions jumelles, et nous n'avions que deux ans lorsque notre mère se remaria. Elle jouissait d'une fortune considérable, ses revenus s'élevaient à près d'un millier de livres par an. Elle avait tout légué au docteur Roylott pendant que nous vivions avec lui, sous la réserve d'une disposition au terme de laquelle une certaine somme devait nous être versée annuellement en prévision de notre mariage. Peu après notre retour en Angleterre, ma mère mourut : elle fut victime, voici huit ans, d'un accident de chemin de fer près de Crewe. Le docteur Roylott abandonna alors son idée de s'établir à Londres et il nous emmena dans la maison de ses ancêtres à Stoke Moran. Ma mère nous avait laissé suffisamment d'argent pour nos besoins : tout semblait indiquer que les soucis nous épargneraient.

Mais un terrible changement s'opéra bientôt en notre beau-père. Au lieu de nouer des relations d'amitié avec nos voisins qui s'étaient tous réjouis de revoir un Roylott de Stoke Moran dans la vieille maison, il s'enferma chez lui ; il ne sortit guère que pour se prendre de querelle avec quiconque paraissait devoir ne pas lui céder le pas. Dans les hommes de cette famille, la violence du tempérament poussée jusqu'à la manie était héréditaire ; pour ce qui était de mon beau-père, une telle disposition n'avait pu que s'amplifier sous les tropiques. Une série de rixes[6] peu honorables se produisit : deux d'entre elles eurent leur épilogue devant le tribunal correctionnel. Il devint la terreur du village ; les gens s'enfuyaient à son approche, car il est d'une force herculéenne et il ne se contrôle pas quand il est en colère.

La semaine dernière, il jeta le maréchal-ferrant par-dessus le parapet du pont dans la rivière ; j'ai dû donner tout l'argent dont

6. Bagarres violentes dans les lieux publics.

je disposais pour éviter une nouvelle comparution en justice. Ses seuls amis sont les bohémiens : il les autorise à camper sur ses terres envahies par les ronces, et il accepte parfois l'hospitalité de leurs tentes, il va même jusqu'à faire route avec eux certaines fins de semaine. Il a aussi une passion pour les animaux des Indes ; un correspondant lui en envoie régulièrement. En ce moment, il a un guépard et un babouin en liberté dans son domaine : ces bêtes autant que leur maître terrorisent les villageois.

Vous pouvez déduire de tout cela que ma pauvre sœur Julia et moi-même n'étions guère heureuses. Les domestiques ne voulaient pas rester chez nous : pendant longtemps nous avons été obligées de faire tout le travail de la maison. Julia n'avait pas trente ans lorsqu'elle mourut, et cependant ses cheveux avaient commencé à blanchir, comme les miens sont en train de le faire.

– Votre sœur est morte, donc ?

– Oui. Il y a de cela juste deux ans. Et c'est de sa mort que je voudrais vous parler à présent. Vous comprenez que, menant l'existence que je vous ai dépeinte, nous ne voyions guère de gens de notre âge ou de notre rang. Pourtant nous avions une tante, une sœur non mariée de ma mère, Miss Honoria Westphail, qui habite près de Harrow, et nous obtenions de temps en temps la permission d'aller la voir. Il y a deux ans, pour Noël, Julia se rendit chez elle et fit la connaissance d'un major de la marine ; ils se fiancèrent. Quand ma sœur rentra à la maison, elle apprit à notre beau-père ses fiançailles, et il n'éleva aucune objection. Mais quinze jours avant la date fixée pour les noces, un terrible événement me priva de ma seule amie. »

Sherlock Holmes s'était enfoncé dans son fauteuil et, la tête posée sur un coussin, il avait fermé les yeux. Mais à ce point du récit, il entrouvrit les paupières et jeta un bref coup d'œil à notre visiteuse.

« Soyez bien précise dans les détails ! murmura-t-il.

– Oh ! cela ne me sera pas difficile ! Tout est resté gravé dans ma mémoire… Je vous ai déjà dit que notre manoir était très vieux ; une seule aile est habitée. Dans cette aile, les chambres à coucher sont au rez-de-chaussée, car les salons se trouvent dans la partie centrale du bâtiment. La première de ces chambres à coucher est celle du docteur Roylott, la seconde était celle de ma sœur, la troisième la mienne. Entre elles, pas de communications directes, mais toutes les trois donnent sur le même couloir. Suis-je assez claire ?

– Parfaitement claire.

– Les fenêtres de ces trois chambres ouvrent sur le jardin. Cette nuit-là, le docteur Roylott s'était retiré de bonne heure ; mais nous savions qu'il ne dormait pas, car ma sœur avait été incommodée par l'odeur des cigares de l'Inde, très forts, qu'il fumait habituellement, et elle avait quitté sa chambre pour passer dans la mienne : nous avions bavardé sur son proche mariage. Vers onze heures elle s'était levée pour partir, mais au moment d'ouvrir la porte elle s'était arrêtée et avait regardé derrière elle.

– Dis, Helen, tu n'as jamais entendu quelqu'un siffler quand il fait nuit noire ?

– Jamais, lui répondis-je.

– Je suppose que, pendant ton sommeil, tu ne pourrais pas te mettre à siffler, n'est-ce pas ?

– Certainement pas, Julia. Mais pourquoi ?

– Parce que ces dernières nuits j'ai entendu, toujours vers les trois heures du matin, et distinctement, un sifflement à demi étouffé. J'ai le sommeil léger, et ce sifflement m'a réveillée. Je ne puis pas te dire d'où il provient : peut-être d'à côté, peut-être du jardin. Je me demandais si tu ne l'avais jamais entendu.

– Non. Jamais. Ce doit être ces maudits romanichels[7] sous les arbres.

– Vraisemblablement. Pourtant si cela venait du jardin, tu l'aurais bien entendu aussi.

– J'ai le sommeil moins léger que toi !

– Oh ! peu importe après tout ! »

Elle me sourit, sortit, referma ma porte, et je l'entendis verrouiller la porte de sa chambre.

– Vraiment ? interrogea Holmes. Aviez-vous l'habitude de vous enfermer ainsi la nuit ?

– Chaque nuit.

– Et pourquoi ?

– Je crois que je vous ai parlé du babouin et du guépard du docteur Roylott. Nous ne nous sentions en sécurité que lorsque nos verrous étaient mis.

– Parfait ! Poursuivez, je vous prie.

– Cette nuit-là je ne parvenais pas à m'endormir. Un pressentiment me troublait. Je vous rappelle que nous étions jumelles, ma sœur et moi, et vous savez combien sont forts et subtils ces liens que tresse la nature. C'était d'ailleurs une nuit affreuse : le vent hurlait, la pluie battait les vitres. Soudain, parmi tout le vacarme de la tempête jaillit le hurlement sauvage d'une femme dans l'épouvante. Je reconnus la voix de ma sœur. Je sautai au bas de mon lit, m'enveloppai d'un châle, et me précipitai dans le couloir. Au moment où j'ouvris ma porte, il me sembla entendre le sifflement étouffé que ma sœur m'avait décrit, puis une ou deux secondes plus tard, un son métallique comme si un lourd objet de métal était tombé. Tandis que je courais dans le couloir, la porte de ma sœur s'ouvrit, et tourna lentement sur ses gonds. Frappée d'horreur je regardai, je ne savais qui allait sortir. Puis la silhouette de Julia se profila dans la lumière de la lampe du

7. Bohémiens. Le mot a un sens péjoratif.

couloir, sur le seuil : la terreur avait retiré tout le sang de son visage ; elle agita les mains pour appeler à l'aide ; sa tête se balançait comme si elle était ivre. Je m'élançai, glissai mes bras autour d'elle pour la soutenir, mais ses genoux se plièrent, et elle s'effondra par terre. Elle était secouée de convulsions comme quelqu'un qui souffre effroyablement, et son corps était arqué. D'abord je crus qu'elle ne m'avait pas reconnue, mais quand je me penchai sur elle, elle me cria d'une voix que je n'oublierai jamais : « Oh ! mon Dieu ! Helen ! Le ruban ! Le ruban moucheté ! » Il y avait autre chose qu'elle aurait voulu me dire, et elle pointa du doigt vers la chambre du docteur Roylott ; à ce moment un nouveau spasme la saisit et lui retira le pouvoir de parler. Je me ruai vers la chambre de mon beau-père en l'appelant de toutes mes forces : il sortit hâtivement en enfilant sa robe de chambre. Quand il arriva auprès de ma sœur, elle avait perdu connaissance ; il desserra ses dents pour lui faire avaler un peu de cognac ; il eut beau envoyer chercher le médecin du village, elle sombra lentement dans le coma et elle mourut sans revenir à elle. Voilà comment je perdis ma sœur bien-aimée.

– Un instant ! dit Holmes. Êtes-vous sûre d'avoir entendu le sifflement et le bruit métallique ? Pourriez-vous le jurer ?

– Ce fut ce que me demanda le coroner[8] pendant l'enquête. J'ai vraiment l'impression d'avoir entendu cela ; toutefois, avec le déchaînement de la tempête et tous les craquements dans cette vieille maison, il se peut que je me sois trompée.

– Votre sœur était-elle habillée ?

– Non. Elle était en chemise de nuit. Dans sa main droite, elle tenait un bout d'allumette consumée ; dans sa main gauche une boîte d'allumettes.

– Ce qui indique que quand quelque chose l'a alarmée, elle a allumé une allumette et a regardé autour d'elle. C'est important.

8. Officier de police judiciaire dans les pays anglo-saxons.

Et quelles conclusions a tirées le coroner ?

– Il a mené l'enquête avec une grande minutie, car l'inconduite du docteur Roylott était depuis longtemps notoire dans le pays, mais il a été incapable de trouver une cause plausible du décès. Mon témoignage a indiqué que la porte avait été verrouillée de l'intérieur, que les fenêtres étaient protégées par de vieilles persiennes pourvues de grosses barres de fer et fermées chaque nuit. Les murs ont été sondés avec soin : ils ont paru d'une solidité à toute épreuve ; le plancher a été pareillement examiné, et sans résultat. La cheminée est large, mais elle est barrée par quatre gros crampons. Il est certain, par conséquent, que ma sœur était seule quand elle trouva la mort. Par ailleurs, on ne décela sur son corps aucune trace de violence.

– Et a-t-il été question d'empoisonnement ?

– Les médecins y ont songé ; mais leur examen a été négatif.

– Selon vous, de quoi donc a pu mourir cette malheureuse jeune fille ?

– Je crois qu'elle est morte de frayeur, d'un choc nerveux. Mais qu'est-ce qui l'a effrayée ? Voilà ce que je ne puis imaginer.

– Y avait-il des romanichels dans le domaine cette nuit-là ?

– Oui, il y en a toujours, ou presque toujours, dans le domaine.

– Ah ! Et comment interprétez-vous l'allusion au ruban moucheté ?

– Tantôt je crois qu'elle délirait, tantôt je me demande si elle ne désignait pas les bohémiens : peut-être les mouchoirs multicolores dont ils serrent leurs têtes lui avaient-ils suggéré cet étrange adjectif… »

Holmes secoua la tête : visiblement cette explication ne le satisfaisait pas.

« Nous nageons dans des eaux très profondes ! fit-il. Voulez-vous continuer votre récit ?

– Deux années s'écoulèrent ensuite, et jusqu'à ces tout derniers temps ma vie n'avait jamais été plus solitaire. Il y a un mois, un ami très cher, que je connais depuis longtemps, m'a fait l'honneur de me demander ma main. Il s'appelle Armitage. Percy Armitage ; c'est le deuxième fils de M. Armitage, de Crane Water, près de Reading. Mon beau-père a donné son accord à ce projet : nous devons nous marier dans le courant du printemps. Avant-hier, quelques réparations ont été entreprises dans l'aile ouest du manoir, le mur de ma chambre a été percé, si bien que je me suis vue dans l'obligation de me transporter dans la pièce où mourut ma sœur, et de dormir dans le lit qui fut le sien. Imaginez mon épouvante quand, la nuit dernière, ne dormant pas et méditant sur la terrible fin de Julia, j'entendis subitement dans le silence de la nuit le sifflement étouffé qui avait précédé sa mort. Je bondis du lit et allumai la lampe, mais en vain : je ne vis rien. J'avais trop peur pour me remettre au lit ; aussi je m'habillai ; et dès que l'aube vint, je me glissai dehors, pris un cabriolet à l'auberge de la Couronne, juste en face de la maison, et j'ai roulé vers Leatherhead, d'où j'arrive, dans le seul but de vous voir et de vous demander conseil.

– Vous avez bien fait ! opina mon ami. Mais m'avez-vous tout dit ?

– Oui. Tout.

– Non, Miss Stoner, vous ne m'avez pas tout dit. Vous couvrez votre beau-père.

– Quoi ! Que voulez-vous dire ? »

Pour toute réponse, Holmes releva le petit volant de dentelle noire qui recouvrait le poignet de notre visiteuse. Cinq petites taches livides s'y étalaient : indubitablement les marques de quatre doigts et d'un pouce.

« Il vous traite bien cruellement ! » dit Holmes.

Helen Stoner rougit et recouvrit son poignet :

« C'est un homme dur, murmura-t-elle. Il ne connaît pas sa force. »

Un long silence s'ensuivit ; Holmes, le menton appuyé sur les mains, regardait brûler le feu.

« Voilà une affaire très complexe, dit-il enfin. Il y a des milliers de détails sur lesquels je voudrais bien être fixé avant de décider d'un plan d'action. Mais nous n'avons pas un moment à perdre. Si nous nous rendions aujourd'hui à Stoke Moran, pourrions-nous voir ces chambres sans que votre beau-père le sache ?

– Justement il a parlé d'une course importante qu'il doit faire aujourd'hui en ville. Il est vraisemblable qu'il soit absent toute la journée et qu'il ne vous dérangera pas. Nous avons une bonne à présent, mais c'est une vieille femme un peu folle ; je pourrai très bien la tenir à l'écart.

– Bien. Pas d'opposition à cette excursion, Watson ?

– Aucune opposition !

– Alors nous viendrons tous les deux. Que faites-vous maintenant ?

– Une ou deux emplettes ; je vais en profiter puisque je suis à Londres. Mais je serai de retour à temps pour vous accueillir : je prendrai le train de midi.

– Nous arriverons au début de l'après-midi. Moi-même j'ai une matinée occupée par quelques affaires. Vous ne voulez pas que je vous fasse servir le petit déjeuner ?

– Non, merci ! Je me sens tellement plus légère depuis que je vous ai confié ce que j'avais sur le cœur. Je veillerai à ce que tout soit en ordre pour vous recevoir cet après-midi. »

Elle rajusta sa voilette noire et sortit.

« Qu'est-ce que vous pensez de tout cela, Watson ? demanda Sherlock Holmes en se renfonçant dans son fauteuil.

– Il me semble qu'il s'agit d'une affaire sombre et sinistre, non ?

– Assez sombre, et assez sinistre, oui !

– Toutefois si cette dame ne se trompe pas quand elle assure que le plancher et les murs ont été sondés, et que la porte, la fenêtre et la cheminée sont infranchissables, alors sa sœur était certainement seule quand elle a trouvé cette mort mystérieuse.

– Que faites-vous, dans ce cas, des sifflements nocturnes et des dernières paroles, très bizarres, de la mourante ?

– Rien. Je ne peux rien dire.

– Quand vous combinez les idées de sifflements pendant la nuit, la présence d'une bande de romanichels très liés avec ce vieux docteur, le fait que nous avons toutes les raisons de penser que ledit docteur est intéressé à empêcher le mariage de sa belle-fille, l'allusion de la mourante à un ruban, et finalement le fait que Miss Helen Stoner a entendu un bruit métallique, lequel pourrait avoir été causé par la chute de l'une de ces barres de fer qui protègent les persiennes et qui serait revenue à sa place, je crois qu'il y a de fortes chances pour que l'énigme tourne autour de ces bases.

– Mais qu'ont fait les bohémiens, alors ?

– Je ne peux pas l'imaginer encore.

– Je vois poindre beaucoup d'objections contre une telle théorie…

– Moi aussi ! Et voilà pourquoi nous allons partir dès aujourd'hui pour Stoke Moran. Je veux voir si ces objections ont un caractère inéluctable, ou si elles peuvent être levées d'une façon quelconque. Mais qu'est-ce qui se passe, de par le diable ? »

Cette exclamation avait été arrachée à mon camarade, qui avait vu sa porte s'ouvrir brutalement et un géant apparaître sur le seuil. Il était habillé d'une curieuse manière : à la fois comme un notaire et comme un paysan ; il était coiffé d'un haut-de-forme noir, et portait une longue redingote, des guêtres hautes, et il balançait entre ses doigts un stick[9] de chasse. Il était si grand que son chapeau essuyait le cadre supérieur de la porte que sa corpulence bouchait complètement. Un visage gras, barré de mille rides, brûlé par le soleil, marqué par les pires passions, se tournait alternativement vers Holmes et vers moi : il avait des yeux enfoncés, bilieux ; son nez décharné, haut et effilé, lui donnait l'air d'un vieil oiseau de proie.

« Lequel de vous est Holmes ? interrogea l'apparition.

– Moi, monsieur. J'attends que vous vous présentiez, répondit calmement mon camarade.

– Je suis le docteur Grimesby Roylott, de Stoke Moran.

– Vraiment, docteur ? dit Holmes avec un grand sang-froid. Prenez un siège, je vous prie.

– Pas de ça ! Ma belle-fille sort d'ici. Je l'ai suivie. Qu'est-ce qu'elle vous a dit ?

– Vous ne trouvez pas qu'il fait un peu trop froid pour cette époque de l'année ? demanda Holmes.

– Qu'est-ce qu'elle vous a dit ? hurla le vieillard.

– Mais on m'a affirmé que les crocus étaient pleins de promesses ! poursuivit mon compagnon, impassible.

– Ah ! vous voulez vous débarrasser de moi ? grommela notre visiteur en marchant sur nous avec des moulinets de son stick. Je vous connais, espèce de coquin ! J'ai déjà entendu parler de vous : Holmes le touche-à-tout, hein ?

Mon ami se borna à sourire.

« Holmes la mouche du coche[10] ? »

9. Canne mince et souple.
10. Personne importune qui intervient dans les affaires d'autrui. Voir La Fontaine, *Le Coche et la Mouche*.

Son sourire s'élargit.

« Holmes le maître Jacques[11] de Scotland Yard... »

Holmes gloussa de joie :

« Votre conversation est passionnante, docteur ! dit-il. Mais quand vous sortirez, fermez donc la porte s'il vous plaît, à cause des courants d'air.

– Je partirai quand je voudrai ! N'ayez pas l'audace de vous mêler de mes affaires ! Je sais que Miss Stoner est venue ici... Je l'ai suivie ! Méfiez-vous : je suis dangereux quand on m'attaque ! ».

Il bondit en avant, s'empara du tisonnier et le courba entre ses grosses mains marrons.

« Veillez bien à vous tenir à l'écart de mon chemin ! » menaça-t-il.

Il rejeta dans la cheminée le malheureux tisonnier tordu, et quitta la pièce.

« Très homme du monde ! fit Holmes en riant. Je ne suis pas tout à fait aussi massif, mais s'il était resté, je lui aurais volontiers démontré que je n'avais pas une poigne moins redoutable que la sienne. »

Tout en parlant, il avait attrapé le tisonnier, et d'un seul coup, il le redressa.

« Comme si j'allais me laisser prendre à son insolence ! Peu importe qu'il me confonde, ou non, avec la police officielle : cet incident donne du piquant à notre enquête ! J'espère simplement que notre petite amie n'aura pas à se repentir de l'imprudence qu'elle a commise en n'empêchant pas cette brute de la suivre. Maintenant, Watson, prenons notre petit déjeuner ! Après quoi j'irai dans un endroit où je compte avoir des informations utiles. »

11. Personne qui s'occupe un peu de tout et des tâches sans importance (vient de *L'Avare* de Molière).

Il était près d'une heure quand Sherlock Holmes rentra de sa promenade. Il tenait à la main une feuille de papier bleu, barbouillée de notes et de dessins.

« J'ai vu le testament de la défunte épouse de Roylott, me dit-il. Pour déterminer sa signification exacte, j'ai dû calculer la valeur actuelle des divers placements. Le revenu de l'ensemble, qui, à l'époque du décès de cette femme, atteignait presque onze cents livres, n'est plus aujourd'hui en raison de la chute des prix agricoles que légèrement supérieur à sept cent cinquante livres. Chaque fille, si elle se marie, peut revendiquer un revenu de deux cent cinquante livres. Il est évident que si les deux filles s'étaient mariées, leur beau-père n'aurait plus eu qu'une maigre pitance à se mettre sous la dent ! Et même le mariage d'une seule d'entre elles aurait été une source de gêne. Mon travail de ce matin n'a pas été inutile puisque j'ai acquis la preuve qu'il avait de bonnes raisons pour s'opposer à un mariage. Watson, ceci est trop grave pour que nous lambinions ! Le vieillard sait que nous nous intéressons à ses affaires ; si vous êtes prêt, nous allons fréter un fiacre et nous faire conduire à la gare de Waterloo. Je vous serais reconnaissant de bien vouloir glisser votre revolver dans l'une de vos poches. Un Eley 2 est un argument sans réplique quand on a affaire à des gentlemen qui font des nœuds avec mon tisonnier. Votre revolver et nos brosses à dents, je crois que ce sera assez. »

À Waterloo, nous eûmes la chance d'attraper un train pour Leatherhead ; là nous louâmes un cabriolet à l'auberge de la gare et pendant six ou sept kilomètres, nous roulâmes dans la charmante campagne du Surrey. Il faisait magnifiquement beau : un gai soleil, et seulement quelques nuages cotonneux dans le ciel. Sur les arbres et sur les haies qui bordaient notre route, les premiers bourgeons verdissaient ; la terre exhalait une délicieuse odeur d'humidité. Moi au moins, je goûtais l'étrange contraste entre ces exquises promesses du printemps et la sinistre recherche où nous nous étions engagés. Mais mon ami avait baissé son chapeau sur ses yeux et posé son menton sur sa poitrine : il était plongé dans les réflexions les plus profondes. Soudain il me tapa sur l'épaule et me désigna quelque chose dans la plaine :

« Regardez par là ! »

Un parc très fourni descendait le long d'une pente douce ; à son point le plus élevé les arbres constituaient un bosquet. Au milieu des branches, nous aperçûmes les gris pignons et le toit d'une vieille maison.

« Stoke Moran ? demanda-t-il.

– Oui, monsieur. C'est la demeure du docteur Grimesby Roylott, répondit le cocher.

– C'est bien là qu'il y a un bâtiment en réparation, n'est-ce pas ? Vous nous y arrêterez.

– Voilà le village, dit le conducteur en indiquant un rassemblement de toits sur la gauche. Mais si vous voulez aller au manoir, vous feriez mieux de grimper le raidillon et de prendre le raccourci à travers champs. Voyez-vous, une dame s'y promène.

– La dame, c'est, je suppose, Miss Stoner ? dit Holmes. Oui, je crois que vous avez raison. »

Nous descendîmes, après avoir payé le prix de notre course, et le cabriolet reprit la route de Leatherhead.

« C'est aussi bien, reprit Holmes tandis que nous gravissions le raidillon, que ce type s'imagine que nous sommes des architectes : la langue le démangera moins… Bon après-midi, Miss Stoner ! Vous voyez que nous avons tenu parole. »

Notre cliente du matin avait couru au-devant de nous, et la joie illuminait son visage :

« Je vous attendais avec tant d'impatience ! cria-t-elle en nous serrant chaleureusement les mains. Tout est pour le mieux : le docteur Roylott est allé en ville ; il y a peu de chances pour qu'il soit de retour avant ce soir tard.

– Nous avons eu le plaisir de faire sa connaissance », dit Holmes.

En quelques mots, il mit notre interlocutrice au courant des faits. Miss Stoner blêmit.

« Mon Dieu ! s'écria-t-elle. Il m'a donc suivie ?

– Selon toute apparence, oui.

– Il est si rusé que je ne sais jamais s'il me surveille ou non. Que va-t-il me dire à son retour ?

– Il faudra qu'il commence à se méfier ! Car il pourrait bien se trouver face à face avec quelqu'un de plus malin que lui. Ce soir vous vous enfermerez. S'il veut user de violence, nous vous conduirons chez votre tante à Harrow... Pour l'instant il s'agit d'utiliser au mieux le temps qui nous est imparti : voudriez-vous nous conduire dans les chambres ? »

Le bâtiment était en pierres grises, avec des murs parsemés de mousse ; la partie centrale était élevée, les deux ailes incurvées, comme des pinces de crabe étalées de chaque côté. Dans l'une des ailes, les vitres étaient cassées, et des madriers[12] bloquaient les fenêtres ; le toit révélait une crevasse ; en somme, c'était le château de la ruine.

La partie centrale avait été vaguement restaurée ; le bloc de droite faisait même presque neuf ; des stores aux fenêtres et la fumée bleuâtre qui s'échappait des cheminées indiquaient que la famille résidait là. Une sorte d'échafaudage avait été dressé contre l'extrémité du mur, et il y avait bien un trou dans la pierre, mais lors de notre inspection nous n'aperçûmes aucun ouvrier. Holmes marchait lentement dans le jardin mal entretenu, et il examina très attentivement l'extérieur des fenêtres.

12. Pièces de bois très épaisses.

« Celle-ci, je crois, est la fenêtre de la chambre où vous dormiez habituellement ; celle du centre est celle de la chambre de votre sœur ; la dernière, près du bâtiment central, est celle de la chambre du docteur Roylott ?

– Oui. Mais je dors à présent dans la chambre du milieu.

– Tant que dureront les travaux, je suppose ? Au fait, ils ne me paraissent pas bien urgents, ces travaux ?

– Aucune réparation n'était immédiatement nécessaire. Je crois qu'il s'agit là d'un prétexte pour m'obliger à changer de chambre.

– Ah ! ah ! Cette suggestion est à retenir… Sur l'autre côté de cette aile s'étend le couloir sur lequel ouvrent les trois portes, n'est-ce pas ? Mais il y a aussi des fenêtres qui donnent sur le couloir ?

– Oui, mais elles sont très petites : trop étroites pour livrer le passage à quelqu'un.

– Donc, comme vous vous enfermiez toutes les deux la nuit, vos chambres étaient inabordables de ce côté-là. Je vous demanderai maintenant d'avoir la bonté de nous mener à votre chambre et de mettre les barres aux persiennes. »

Miss Stoner s'exécuta. Holmes, après avoir soigneusement regardé par la fenêtre ouverte, s'efforça d'ouvrir les persiennes de l'extérieur, mais il n'y parvint pas. Il ne découvrit aucune fente par où un couteau aurait pu se glisser pour soulever la barre. À l'aide de sa loupe, il examina les charnières ; elles étaient en fer solide, solidement encastrées dans la maçonnerie massive.

« Hum ! fit-il en se grattant le menton avec perplexité. Ma théorie se heurte à quelques difficultés. Quand ces persiennes sont fermées avec la barre, personne ne peut s'introduire par la fenêtre… Bien : allons voir si l'intérieur apportera plus d'atouts à notre jeu. »

Une petite porte latérale nous conduisit dans le couloir. Holmes refusa de s'intéresser à la troisième chambre, et nous pénétrâmes dans la deuxième, celle où couchait à présent Miss Stoner et où sa sœur avait trouvé la mort. C'était une pièce modeste, exiguë : le plafond était bas et la cheminée béante, comme dans beaucoup de vieilles maisons de campagne. Une commode claire occupait un coin ; un lit étroit avec une courtepointe blanche en occupait un autre ; à gauche de la fenêtre il y avait une table de toilette. Ces meubles, plus deux petites chaises cannées et un tapis carré au centre, composaient le décor. Les poutres et les panneaux des murs étaient en chêne rongé par les vers ; ils paraissaient dater de la construction même de la maison. Holmes tira une chaise dans un coin, s'assit et inspecta silencieusement chaque détail de la pièce pour les graver dans sa mémoire.

« Où sonne cette sonnette ? demanda-t-il en désignant un gros cordon à sonnette qui pendait à côté du lit, avec le gland posé sur l'oreiller.

– Dans la chambre de la bonne.

– Elle a été récemment installée, on dirait…

– Oui ; elle l'a été voici trois ou quatre ans.

– C'est votre sœur qui l'avait réclamée ?

– Non. Je ne crois pas qu'elle s'en soit jamais servie. Nous avions pris l'habitude de nous débrouiller sans domestique.

– Vraiment, je ne vois pas la nécessité d'un aussi joli cordon de sonnette… Excusez-moi, mais je voudrais m'occuper du plancher. »

Il se mit à quatre pattes, le visage contre terre, ou plutôt collé à la loupe qu'il promenait sur le plancher. Il examina avec le plus grand soin les interstices entre les lames. Il procéda ensuite à l'inspection des panneaux de bois sur les murs. Enfin il alla vers le lit et le considéra pendant quelques minutes ; son regard grimpa et redescendit le long du mur. Brusquement, il empoigna le cordon de sonnette et le tira.

« Tiens, c'est une fausse sonnette ! s'exclama-t-il.

– Elle ne sonne pas ?

– Non. Elle n'est même pas reliée à un fil. Très intéressant ! Regardez vous-même : le cordon est attaché à un crochet juste au-dessus de la petite ouverture de la bouche d'aération.

– C'est absurde ! Je ne l'avais pas remarqué !

– Très étrange ! marmonna Holmes, pendu au cordon de sonnette. Il y a un ou deux détails bien surprenants dans cette chambre ! Par exemple, il faut qu'un architecte soit fou pour ouvrir une bouche d'aération vers une autre pièce, alors qu'il aurait pu, sans davantage de travail, l'ouvrir sur l'extérieur !

– Cela aussi est très récent, indiqua Miss Stoner.

– Aménagé à la même époque que la sonnette ?

– Oui. Il y a eu diverses modifications légères apportées dans cette période-là.

– Curieuses, ces modifications ! Un cordon à sonnette qui ne sonne pas, un ventilateur qui ne ventile pas… Avec votre permission, Miss Stoner, nous allons maintenant nous transporter dans l'autre chambre. »

La chambre du docteur Grimesby Roylott était plus grande que celle de sa belle-fille, mais elle n'était guère mieux meublée. Un lit de camp, une petite étagère chargée de livres pour la plupart d'un caractère technique, un fauteuil près du lit, une chaise en bois plein contre le mur, une table ronde et un gros coffre en fer étaient les principales choses qui frappaient le regard. Holmes fit le tour de la pièce en examinant chaque objet avec la plus grande attention.

« Qu'y a-t-il là-dedans ? demanda-t-il en posant sa main sur le coffre.

– Les papiers d'affaires de mon beau-père.

– Oh ! Vous avez vu l'intérieur ?

– Une fois, il y a plusieurs années. Je me rappelle qu'il était plein de papiers.

– Il ne contient pas un chat, par hasard ?

– Un chat ? Non. Quelle idée…

– Parce que… Regardez ! »

Il montra un petit bol de lait qui était posé sur le coffre.

« Non, nous n'avons pas de chat. Mais il y a ici un guépard et un babouin.

– Ah ! oui, c'est vrai ! Après tout, un guépard ressemble à un gros chat ; mais un bol de lait ne lui suffirait guère, j'imagine ! Il y a un point que je voudrais bien éclaircir… »

Il s'accroupit devant la chaise de bois et en examina le siège de très près.

« Merci ! Voilà qui est réglé, dit-il en se relevant et en remettant sa loupe dans sa poche. Tiens ! quelque chose d'intéressant… »

L'objet qui avait capté son regard était une courte lanière pendue à un coin du lit. La lanière, cependant, était enroulée sur elle-même à une extrémité comme pour faire un nœud coulant.

« Qu'est-ce que vous en pensez, Watson ?

– C'est une laisse pour chien assez banale. Mais je ne vois pas pourquoi ce nœud…

– Pas si banale que cela, n'est-ce pas ? Ah ! Mon cher, le monde est bien méchant ! Et quand un homme intelligent voue au crime son intelligence, il devient le pire de tous !… Je crois que nous en avons vu assez, Miss Stoner. Si vous nous autorisez, nous ferons maintenant un tour de jardin. »

Jamais je n'avais vu sur mon ami une expression aussi farouche, ni aussi sombre, lorsque nous quittâmes le lieu de ses dernières investigations. Nous avions traversé à plusieurs reprises la pelouse, et ni Miss Stoner ni moi n'avions osé interrompre le cours de ses méditations. Il sortit enfin de son silence :

« Il est absolument essentiel, Miss Stoner, que vous suiviez à la lettre mes instructions.

– Je m'y conformerai certainement.

– L'affaire est trop grave pour nous permettre la moindre hésitation. Votre vie est en jeu : son sort dépend de la manière dont vous vous conformerez à mes conseils.

– Je vous assure que je m'en remets absolument à vous !

– Première chose : mon ami et moi-même devons passer la nuit dans votre chambre. »

Nous dévisageâmes Sherlock Holmes tous les deux avec une stupéfaction égale.

« Oui. Il le faut ! Laissez-moi vous expliquer. Je crois que l'auberge du village est par là ?

– Oui. L'auberge de la Couronne.

– Bien. Votre fenêtre est-elle visible de l'auberge ?

– Oui.

– Vous serez enfermée dans votre chambre quand votre beau-père rentrera : une migraine atroce ! Bon. Quand vous l'entendrez se coucher, vous ouvrirez les persiennes de votre fenêtre, vous déferez l'espagnolette[13], vous présenterez votre lampe ; ce sera un signal pour nous. Puis vous vous retirerez avec tout ce que vous désirez emporter dans la chambre où vous dormez habituellement. Malgré les travaux, vous pourrez bien y passer une nuit, n'est-ce pas ?

– Bien sûr !

– Pour le reste, laissez-nous faire.

– Mais que ferez-vous ?

13. Poignée tournante servant à ouvrir et à fermer une fenêtre.

– Nous passerons la nuit dans votre chambre, et nous identifierons la cause de ce bruit qui vous a tant épouvantée.

– Je crois, M. Holmes, que vous avez déjà une idée, dit Miss Stoner en posant sa main sur la manche de mon ami.

– C'est en effet possible.

– Et… une idée précise ! Oh ! par pitié, dites-moi de quoi ma sœur est morte !

– Je préfère avoir des preuves formelles avant de vous le dire.

– Dites-moi au moins si j'ai eu raison de croire qu'elle est morte de peur !

– Non. Je ne crois pas que vous ayez raison. Je crois à une cause plus tangible. Mais pour l'instant, Miss Stoner, il faut que nous nous quittions : si votre beau-père revient et nous trouve ici, notre déplacement aura été inutile. Au revoir ! Et soyez courageuse, car si vous faites ce que je vous ai conseillé de faire, je vous promets que nous écarterons tous les dangers qui vous menacent ! »

Nous n'éprouvâmes aucune difficulté, Sherlock Holmes et moi, à louer une chambre et un salon à l'auberge de la Couronne. Cet « appartement » était situé au premier étage ; si bien que de notre fenêtre nous avions vue sur la porte d'entrée et sur l'aile habitée du manoir de Stoke Moran. À la nuit tombante, nous aperçûmes le docteur Grimesby Roylott qui franchissait le seuil de sa propriété ; sa haute silhouette semblait écraser celle du cocher qui le conduisait. Le cocher eut du mal à faire jouer les lourdes portes de fer, et nous entendîmes le rugissement du docteur : nous pûmes même le voir menacer de ses poings le malheureux conducteur. Puis la voiture se remit en marche ; quelques instants plus tard une lumière brilla à travers les arbres : une lampe avait été allumée dans l'un des salons.

« Sérieusement, Watson ! me dit Holmes alors que nous étions en train de contempler la nuit. Savez-vous que j'ai quelques remords à vous avoir emmené ce soir ? Il y a certainement du danger dans l'air !

– Est-ce que je pourrai vous aider ?

– Votre présence peut se révéler déterminante.

– Alors je vous suivrai.

– C'est très chic de votre part.

– Vous avez parlé de danger… Évidemment vous avez vu dans ces chambres bien plus que je n'y ai vu moi-même !

– Non. Ce qui est possible, c'est que j'ai poussé mes déductions plus loin que vous. Mais nous avons vu les mêmes choses vous et moi.

– Je n'ai rien vu de particulier, sauf ce cordon à sonnette dont l'installation répond à un but que je suis incapable de définir.

– Vous avez vu aussi la bouche d'aération ?

– Oui. Mais je ne vois pas ce qu'il y a d'extraordinaire à établir une sorte de communication entre deux pièces : le trou est si petit qu'un rat pourrait à peine s'y glisser.

– Je savais, avant d'arriver à Stoke Moran, que nous trouverions une bouche d'aération.

– Mon cher Holmes !…

– Oui, oui, je le savais ! Rappelez-vous que dans la déclaration de Miss Stoner, il y avait ce trait que sa sœur était incommodée par l'odeur des cigares du docteur Roylott. D'où la nécessité absolue d'une communication quelconque entre les deux chambres. Communication qui ne pouvait être que petite : sinon, elle aurait été repérée lors de l'enquête menée par le coroner. J'avais conclu qu'il s'agissait d'une bouche d'aération.

– Soit. Mais quel mal voyez-vous à cela ?

– Tout de même il y a d'étranges coïncidences de dates. Voici une bouche d'aération qui est aménagée, un cordon qui pend, et une demoiselle, couchée dans son lit, qui meurt. Ça ne vous frappe pas ?

– Je ne vois pas le lien.

– Vous n'avez rien observé de particulier à propos du lit ?

– Non.

– Il est chevillé au plancher. Avez-vous déjà vu un lit attaché ainsi ?

– Je ne crois pas.

– La demoiselle ne pouvait pas remuer son lit, le déplacer. Il devait par conséquent être maintenu toujours dans la même position par rapport à la bouche d'aération et au cordon, ou plutôt à la corde, puisque cet objet n'a jamais servi à sonner une cloche ou actionner une sonnerie.

– Holmes ! m'écriai-je. Il me semble que je devine obscurément le sens de vos paroles. Mon Dieu ! Nous sommes arrivés à temps pour empêcher un crime aussi subtil qu'horrible.

– Oui, plutôt subtil et plutôt horrible ! Quand un médecin s'y met, Watson, il est le pire des criminels. Il possède du sang-froid, et une science incontestable. Palmer et Pritchard faisaient partie de l'élite de leur profession… Cet homme les dépasse, pourtant ! Mais je crois, Watson, que nous serons plus forts que lui. Je crois aussi que, d'ici le lever du jour, nous ne manquerons pas de sujets d'horreur. Au nom du Ciel, fumons paisiblement une bonne pipe, et cherchons-nous pendant quelques moments des sujets de conversation plus agréables ! »

Vers neuf heures du soir, la lumière parmi les arbres s'éteignit, et l'obscurité se fit totale dans la direction du manoir. Deux heures s'écoulèrent avec une lenteur irritante ; puis tout à coup, comme sonnaient onze heures, une lumière isolée jaillit faiblement juste en face de nous.

« Notre signal ! dit Holmes en sautant sur ses pieds. Il vient de la fenêtre du milieu. »

En sortant, nous prévînmes notre logeur que nous allions rendre une visite tardive à une connaissance dans les environs, et qu'il n'était pas impossible que nous y passions la nuit. Puis nous nous engageâmes sur la route noire ; un vent glacé nous fouettait le visage ; c'était sinistre ! Seule une maigre lueur jaune guidait notre marche à travers l'obscurité.

Nous pénétrâmes facilement dans le domaine, car le vieux mur d'enceinte était troué de nombreuses brèches. Nous avançâmes à travers les arbres, nous atteignîmes la pelouse, la franchîmes, et nous allions enjamber la fenêtre quand jaillit d'un bosquet de lauriers ce qui nous sembla être un enfant hideux tout tordu : il se lança sur la pelouse à quatre pattes et disparut dans la nuit.

« Seigneur ! murmurai-je. Vous avez vu, Holmes ?

Pendant une seconde Holmes resta figé de stupeur. Il avait posé sa main sur mon poignet et l'avait serré comme une tenaille. Puis il le lâcha, et il rit tout bas en me chuchotant à l'oreille :

« Charmante maison ! C'était le babouin… »

J'avais oublié les étranges manies du docteur. C'est vrai : il possédait un babouin, et aussi un guépard. Peut-être ce dernier bondirait-il sur nos épaules au moment où nous nous y attendrions le moins. J'avoue bien volontiers que je me sentis l'esprit plus libre quand, après avoir suivi l'exemple de Holmes et m'être déchaussé, je me trouvai dans la chambre à coucher. Sans un bruit, mon camarade referma les persiennes, remit la lampe sur la table et jeta un coup d'œil autour de la pièce. Tout était dans le même état que l'après-midi. Holmes se glissa auprès de moi, mit sa main en cornet contre mon oreille, et les seuls mots que je compris furent :

« Le moindre bruit peut nous être fatal. »

Je lui fis un signe de tête pour lui indiquer que j'avais entendu.

« Nous devons rester assis sans lumière. Il pourrait la voir par la bouche d'aération. »

Nouveau signe de tête.

« Ne vous endormez pas. Votre vie peut dépendre d'un moment d'inattention. Mettez votre revolver à portée de main : vous aurez peut-être à vous en servir. Je m'assieds à côté du lit. Vous, prenez cette chaise. »

Je sortis mon revolver et le plaçai sur le coin de la table.

Holmes avait apporté un jonc long et mince ; il le posa à côté de lui sur le lit, non loin de la boîte d'allumettes et d'une bougie. Puis il éteignit la lampe et nous sombrâmes dans l'obscurité.

Comment pourrai-je jamais oublier cette terrible veille ? Je n'entendais pas un bruit : même pas le souffle de mon compagnon, dont je savais pourtant qu'il était assis tout près de moi, les yeux grands ouverts, et dévoré par une tension semblable à la mienne. Les persiennes étaient absolument hermétiques ; nous étions plongés dans une nuit totale. Parfois de l'extérieur nous parvenait le ululement d'un oiseau nocturne ; sous notre fenêtre nous entendîmes même une sorte de miaulement prolongé : le guépard était vraiment en liberté ! L'horloge de la paroisse voisine, tous les quarts d'heure, tintait lugubrement. Ah ! qu'ils étaient longs, ces quarts d'heure ! Minuit, puis une heure, puis deux heures, puis trois heures sonnèrent : nous n'avions pas bougé de place ; nous étions prêts à tout.

Subitement du côté de la bouche d'aération surgit un rayon lumineux qui disparut aussitôt ; immédiatement lui succéda une forte odeur d'huile brûlante et de métal chauffé. Dans la chambre voisine, quelqu'un avait allumé une lanterne sourde. J'entendis un léger bruit qui se déplaçait, puis tout redevint silencieux comme avant ; mais l'odeur se faisait plus forte. Pendant une demi-heure, je restai assis l'oreille tendue. Alors soudain un autre bruit se fit entendre : un son très léger, très doux, quelque chose comme un petit jet de vapeur qui s'échappe d'une bouilloire. Au moment où nous l'entendîmes, Holmes sauta du lit, gratta une allumette, et frappa de son jonc avec fureur le cordon de sonnette.

« Vous le voyez, Watson ? hurla-t-il. Vous le voyez ? »

Mais je ne voyais rien. Lorsque Holmes avait allumé l'allumette, j'avais entendu un sifflement distinct quoique étouffé, mais la lueur brusque m'avait ébloui, et il m'était impossible d'identifier ce qu'il flagellait[14] avec une telle sauvagerie. Je pus apercevoir, toutefois, la pâleur de son visage, bouleversé d'horreur et de dégoût.

Il s'était arrêté de frapper, et il avait les yeux levés vers la bouche d'aération, quand le cri le plus horrifié que j'aie jamais entendu déchira soudain le silence de la nuit. Le cri monta, s'enfla : un hurlement sauvage fait de douleur, de terreur et de colère. Dans le village et même plus loin, on affirma plus tard que ce cri avait fait sauter du lit des gens qui dormaient. Il glaça nos cœurs. Interdit, pétrifié, je regardai Holmes ; et lui, toujours blanc comme un linge, me regarda… Nous écoutâmes les derniers échos décroître et se perdre dans le silence qu'il avait brisé.

« Qu'est-ce que c'est ? bégayai-je alors.

– C'est fini ! répondit Holmes. Après tout, peut-être pour le mieux ! Prenez votre revolver et entrons chez le docteur Roylott. »

Il avait sur ses traits une implacable gravité quand il alluma la lampe. Deux fois il frappa à la porte de la chambre sans recevoir de réponse. Voyant cela, il tourna le loquet et entra ; je le suivis pas à pas, mon revolver armé à la main.

14. Battait.

Ce fut un singulier spectacle qui s'offrit à nos yeux. Sur la table, il y avait une lanterne sourde avec le volet à demi ouvert, et elle éclairait le coffre de fer dont la porte était entrebaîllée. À côté de la table, sur la chaise de bois, était assis le docteur Grimesby Roylott ; il était vêtu d'une longue robe de chambre grise, sous laquelle dépassaient ses chevilles nues ; il avait aux pieds des babouches rouges. En travers de ses cuisses était posée la longue lanière que nous avions remarquée dans l'après-midi. Son menton pointait en l'air, et son regard s'était horriblement immobilisé sur un angle du plafond. Son front était ceint d'un ruban jaune bizarre, avec des taches brunes, qui paraissait lui serrer très fort la tête. Quand nous entrâmes, il ne bougea ni ne parla.

« Le ruban ! Le ruban moucheté ! » chuchota Holmes.

J'avançai d'un pas. Au même moment, l'étrange ruban se déplaça, se dressa à la verticale au milieu des cheveux : la tête triangulaire et trapue d'un serpent au cou enflé apparut.

« C'est une vipère de marais ! cria Holmes. Le serpent le plus mortel des Indes ! Le docteur est mort moins de dix secondes après avoir été mordu… Ah ! La violence retombe bien sur le violent, et tel est pris qui croyait prendre… Ramenons cette bête dans son antre ; après quoi nous mettrons Miss Stoner à l'abri, et nous irons faire notre rapport à la police. »

Tout en parlant, il s'était emparé promptement de la lanière que le vieillard avait sur ses genoux, il passa le nœud autour du cou du reptile, le détacha de sa proie et, à bout de bras, le rejeta dans le coffre-fort qu'il referma soigneusement.

Tels sont les faits réels qui concernent la mort du docteur Grimesby Roylott. Point n'est besoin que je prolonge un récit qui n'a déjà que trop duré en contant comment nous apportâmes les nouvelles à la jeune fille épouvantée, comment nous l'accompagnâmes dès le matin chez sa tante de Harrow, ni comment l'enquête de police conclut que le docteur avait été victime de son imprudence en jouant avec l'un de ses animaux favoris. Le peu que j'avais encore à apprendre de l'affaire me fut narré par Sherlock Holmes, pendant notre voyage de retour.

« J'en étais arrivé, m'expliqua-t-il, à une conclusion entièrement erronée. Ce qui montre, mon cher Watson, combien il est périlleux de raisonner à partir de prémisses incomplètes. La présence des romanichels et le mot « ruban » dont se servit la pauvre Julia, pour tenter de donner une définition de ce qu'elle avait pu apercevoir à la lueur de son allumette, me mirent sur une piste ridiculement fausse. Mon seul mérite est d'avoir instantanément révisé mon jugement lorsque je fus convaincu que le danger qui menaçait l'occupante de la chambre ne pouvait venir de l'extérieur ni par la fenêtre ni par la porte. Cette bouche d'aération, et ce cordon de sonnette qui pendait juste au-dessus du lit, avaient rapidement éveillé mon attention. Quand je me rendis compte que c'était un faux cordon de sonnette et que le lit était chevillé au plancher, le soupçon me vint aussitôt que le cordon servait de passerelle à quelque chose se faufilant à travers la bouche d'aération et arrivant jusqu'au lit. Je pensai à un serpent, naturellement, et lorsque je reliai cette hypothèse avec le fait que le docteur avait un assortiment d'animaux des Indes, je me crus sur la bonne voie. Seul un homme impitoyable et intelligent qui était allé en Orient pouvait avoir eu l'idée d'utiliser une sorte de poison que la chimie est incapable de déceler. L'effet foudroyant d'un tel poison était également un avantage ! Il aurait fallu que le coroner eût de bons yeux pour apercevoir les deux petites taches qui lui auraient indiqué l'endroit où les crochets empoisonnés avaient fait leur œuvre. Puis je réfléchis au sifflement. Évidemment, le docteur devait rappeler le serpent avant que la lumière du jour ne pût le révéler à sa victime. Il l'avait dressé, sans doute grâce au lait que nous avons vu sur le coffre-fort, à revenir dès qu'il le sifflait. Il le faisait passer par la bouche d'aération à l'heure qu'il jugeait la meilleure, et il était bien sûr que le serpent ramperait le long de la corde et atterrirait sur le lit. La question était de savoir s'il mordrait ou ne mordrait pas la dormeuse. Peut-être a-t-elle échappé pendant toute une semaine à son destin, mais tôt ou tard elle devait succomber.

J'avais abouti à ces conclusions avant d'entrer dans la chambre du docteur. L'inspection de sa chaise me prouva qu'il avait l'habitude de grimper sur ce siège, ce qui lui était indispensable pour atteindre la bouche d'aération. Le coffre-fort, le bol de lait, la lanière et son nœud coulant suffirent à ôter tous les doutes qui auraient pu subsister dans mon esprit. Le bruit métallique entendu par Miss Stoner fut produit sans nul doute par la porte du coffre-fort que le docteur refermait en hâte sur son terrible locataire. Ayant tout deviné, je pris les dispositions que vous m'avez vu prendre afin d'avoir la preuve de ce que je supposais. J'entendis le bruissement de la bête qui glissait le long du cordon ; vous avez dû l'entendre aussi ; aussitôt, j'ai frotté une allumette et je suis passé à l'attaque.

– Avec, pour résultat, sa retraite à travers la bouche d'aération ?

– Et, comme deuxième résultat, celui de l'avoir fait se retourner vers son maître. Quelques-uns de me coups de canne ont dû l'atteindre, le rendre furieux, et comme tout serpent furieux, il a attaqué la première personne qu'il a vue. Si vous voulez, je m'avoue responsable, indirectement, du décès du docteur Grimesby Roylott ; mais c'est une responsabilité qui ne pèse pas lourd sur ma conscience ! »

Conan Doyle, « Le ruban moucheté », in *Trois aventures de Sherlock Holmes*, trad. B. Tourville, Éd. Robert Laffont.

Le Carnet de lecture

Le ruban moucheté

Illustration de Némecek, gravure éditée par les éditions Boivin, 1926, collection privée.

Étudier l'œuvre

Ai-je bien lu ?

1 Quelle visiteuse se présente chez Sherlock Holmes ?

2 **a.** Qui est la victime ?

b. Quels bruits la victime a-t-elle entendus avant de mourir ?

c. Quelles furent ses dernières paroles ?

3 **a.** Qui est le suspect ?

b. Quels animaux le suspect a-t-il chez lui ?

4 Pour quelle raison la visiteuse a-t-elle peur pour elle-même ?

5 Qui est l'enquêteur ?

6 Qu'a de particulier la chambre de la victime ?

7 Qui est le coupable ? Quelle est l'arme du crime ?

Analyser le texte

Le narrateur

8 **a.** Identifiez le narrateur. À quelle personne mène-t-il le récit ?

b. A-t-il participé aux événements qu'il raconte ?

c. À quel moment du passé ces événements remontent-ils ?

d. En quoi s'agit-il d'un récit rétrospectif ?

9 **a**. Montrez que l'histoire est racontée selon le point de vue du narrateur.

b. Quel est l'intérêt pour le lecteur de suivre l'enquête à travers ce point de vue ?

Le cadre et la mise en place de l'action

10 **a.** Dans quel lieu l'action débute-t-elle ?

b. À quelle époque ? À quel moment de la journée ? Citez des indices du texte.

11 Quel personnage survient ? En quoi son arrivée déclenche-t-elle l'action ?

La présentation de l'énigme

Les faits

12 **a.** Qui a été la victime ? Dans quelles circonstances est-elle morte (lieu, moment, conditions météorologiques...) ?

b. Relevez des expressions (l. 263 à l. 296) qui montrent que la mort a été violente.

c. Les causes du décès ont-elles été éclaircies ?

13 Quelle interprétation a été donnée à l'expression « Le ruban moucheté » ?

14 **a.** Quelles similitudes peut-on établir entre ce qui est arrivé à la victime et à la visiteuse ?

b. Pour quelle raison cette dernière se sent-elle en danger ?

Le retour en arrière

15 **a.** Situez sur un axe chronologique les événements suivants et essayez de les dater (aidez-vous de la date donnée au début du récit p. 10).

- Décès de Mrs. Stoner mère
- Retour des Indes
- Changement de chambre pour Helen
- Mariage de Mrs. Stoner et du Dr Roylott
- Mort de Julie
- Agression contre le maréchal-ferrant
- Fiançailles d'Helen Stoner avec Percy Armitage
- Manifestation des sifflements
- Visite à Sherlock Holmes

b. En quoi le récit de ces événements constitue-t-il un retour en arrière ?

c. Sur quelle durée ce retour en arrière s'étale-t-il ? Quel en est l'intérêt ?

L'enquête

Le début de l'enquête : l'examen des lieux

16 Relisez les lignes qui présentent la description du manoir (l. 571 à 584 : « Le bâtiment était en pierres grises… l'extérieur des fenêtres »). Quelle atmosphère se dégage de l'endroit ? Appuyez-vous sur les champs lexicaux.

17 Montrez que la chambre du drame se présente comme une chambre close. Quel intérêt cela présente-t-il ?

La recherche d'indices, les hypothèses

18 Quels indices Sherlock Holmes rassemble-t-il à la suite de l'interrogatoire d'Helen et de l'examen des lieux ? Faites une rapide synthèse.

19 Quelle information importante sa sortie du matin (l. 506 à 519) lui a-t-elle fournie ?

20 **a.** Citez quelques expressions qui laissent entendre au lecteur qu'Holmes émet des hypothèses en même temps qu'il examine la chambre.
b. Quels éléments lui posent encore problème ?

Le dénouement, la fin de l'enquête, les explications

21 **a.** Qui est le coupable ?
b. Quel a été le mobile du crime ?

22 Établissez la série de déductions effectuées par Holmes à partir des indices qu'il a rassemblés.

Indices	Déductions
faux cordon	
bouche d'aération	
coupe de lait	
sifflements	
coffre, bol, lanière	

23 Comment le coupable meurt-il ? En quoi y a-t-il inversion des situations ?

La figure de l'enquêteur : Sherlock Holmes

Sa personnalité

24 **a.** Faites le portrait de Holmes à partir des informations données par le texte.
b. Comment se comporte-t-il à l'égard des autres personnages (la visiteuse, le docteur Grimesby Roylott, Watson) ?
c. À quel moment fait-il preuve d'une force inattendue ?

25 Relisez le dernier paragraphe.
a. Quelle est la part de responsabilité de Sherlock Holmes dans la mort de Roylott ?
b. En conçoit-il du remords ?

Sa méthode

26 Quelles sont les qualités intellectuelles de Holmes ?

27 Mettez en parallèle les faits qu'Holmes observe lorsqu'il reçoit la visiteuse et les déductions qu'il en tire.

Faits observés	Faits déduits
Je remarque un billet de retour dans la paume de votre gant gauche.	
Sur la manche de votre veste, il y a ces taches de boue très fraîches.	

28 Caractérisez son comportement lors de l'examen des lieux (relevez les verbes de perception et les adverbes). De quel accessoire se sert-il ?

29 Relevez dans l'explication finale (l. 983 à 1018) les verbes appartenant au champ lexical du raisonnement puis montrez que Sherlock Holmes reprend toutes les étapes de son enquête. Appuyez-vous pour répondre sur les connecteurs chronologiques et logiques.

Les personnages

Watson

30 Quelles qualités Watson admire-t-il chez Holmes ?

31 **a.** Relisez de la ligne 788 à la fin. Montrez que Watson a toujours un temps de retard par rapport aux déductions et aux agissements de Holmes. En quoi représente-t-il le lecteur ?
b. « Son front était ceint d'un ruban jaune bizarre » (l. 936-937) : à quel moment seulement Watson identifie-t-il le serpent ?

Roylott

32 En quoi Roylott constitue-t-il le suspect idéal ? Relevez dans le récit de la visiteuse les éléments qui font de lui un homme inquiétant et dangereux (l. 132 à 390).

33 Montrez que lorsqu'il se retrouve chez Holmes (l. 432 à 477), il correspond bien au portrait qui a été fait de lui.

Les éléments du suspense (l. 847 à la fin)

Le cadre spatio-temporel

34 À quel moment de la journée et dans quels lieux l'action se déroule-t-elle ? En quoi le cadre spatio-temporel contribue-t-il au suspense ?

35 Relevez les notations visuelles et auditives qui concourent à dramatiser l'atmosphère.

Le rythme narratif

36 **a.** Combien de temps s'écoule-t-il de la ligne 842 à la ligne 953 ? Appuyez-vous pour répondre sur un relevé précis des indications temporelles. Quel est l'effet produit par le ralentissement du récit ?
b. Relevez des commentaires du narrateur sur ce sujet.

Les champs lexicaux et le point de vue

37 Relevez le champ lexical de la peur. Quels personnages sont en proie à la peur ? Pour quelle raison ?

38 « Vous le voyez, Watson ? hurla-t-il. Vous le voyez ? » Mais je ne voyais rien. » (l. 902-903) Relisez la suite du paragraphe et analysez en quoi le point de vue sert au suspense.

Le titre et la visée

39 **a.** Quel sens donnez-vous au titre de la nouvelle ?
b. Expliquez la phrase « La violence retombe bien sur le violent » (l. 946-947).

40 Devenir un lecteur de récit policier
a. À quel moment, selon vous, Sherlock Holmes a-t-il trouvé la solution de l'énigme ?
b. Quelles fausses pistes le lecteur a-t-il été obligé de déjouer en même temps que l'enquêteur ?

Pour aller plus loin

Étudier la langue

Le champ lexical de l'observation

41 Trouvez dix mots (verbes, noms, adjectifs) appartenant au champ lexical de l'observation. Aidez-vous du texte *Le Ruban moucheté* p. 31 (l. 657) à p. 32 (l. 715).

Les synonymes du mot peur

42 Trouvez dix noms synonymes du mot « peur ». Aidez-vous des indications données.

- ang......... (8 lettres)
- pa......... (7 lettres)
- af......... (10 lettres)
- anx......... (7 lettres)
- ter......... (7 lettres)
- ap......... (12 lettres)
- inq......... (10 lettres)
- fr......... (7 lettres)
- ép......... (9 lettres)
- cr......... (7 lettres)

Les effets physiques de la peur

43 Complétez les expressions suivantes qui traduisent les effets physiques de la peur :

- avoir le sang qui se ……
- avoir les …… coupées par la peur
- claquer ……
- tr…… de peur
- avoir le cœur qui ……
- être pa……é par la peur
- avoir des …… froides
- fri…… de peur

Écrire

Imaginer le début d'une nouvelle aventure de Sherlock Holmes

44 Vous allez écrire le début d'une aventure de Sherlock Holmes à la manière de Conan Doyle. Le narrateur sera Watson, le récit sera au passé.

Vous introduirez les éléments suivants :

- Holmes se trouve dans son appartement avec Watson.
- Arrivée d'une lettre ou d'un télégramme annonçant l'arrivée d'un personnage. Vous en ferez figurer le texte.
- Arrivée d'un personnage accueilli par Holmes.
- Présence d'un passage dans lequel Holmes se livre au jeu de l'observation et de la déduction (soit à propos de la lettre ou du télégramme, avant l'arrivée du personnage, soit à propos du personnage qui vient d'arriver : examen de ses chaussures, de ses mains, de ses vêtements…). Watson intervient par des questions.
- Récit du personnage en quelques lignes : il raconte la raison de sa venue et pose l'énigme. Holmes lui pose quelques questions pour obtenir des précisions.
- Départ du personnage.

Consignes d'écriture

- Watson effectue un récit rétrospectif.
- Vous préciserez le cadre spatio-temporel.
- Vous mettrez en scène l'arrivée du personnage et effectuerez un portrait rapide de ce personnage.
- L'énigme sera posée par le personnage qui expose les faits. Holmes lui pose quelques questions (emploi dominant ici du style direct).
- Holmes fera une ou deux déductions à partir d'observations.
- Watson peut intervenir.
- Langue : les temps du récit et ceux du dialogue sont correctement employés.

Choisir le vocabulaire, les expressions

- L'appartement du 221 b Baker Street
- Un soir, c'était…,/ Un matin, nous prenions notre petit-déjeuner/quelqu'un sonna à la porte
- Mon compagnon bourrant et rembourrant sa pipe/son visage anguleux et vif
- Une dame vêtue de sombre et avec un voile noir
- Vous m'excuserez de venir si tard/J'ai tant besoin qu'on m'aide un peu/ Asseyez-vous confortablement…
- (…) déclara Holmes flegmatiquement, nonchalamment.

Lire et comparer

Zadig, Voltaire (1747)

L'action se déroule dans un Orient légendaire. Zadig est injustement accusé d'avoir volé la chienne de la reine et le cheval du roi.

Un jour, se promenant auprès d'un petit bois, il vit accourir à lui un eunuque de la reine, suivi de plusieurs officiers qui paraissaient dans la plus grande inquiétude, et qui couraient çà et là, comme des hommes égarés qui cherchent ce qu'ils ont perdu de plus précieux : « Jeune homme, lui dit le premier eunuque, n'avez-vous point vu le chien de la reine ? » Zadig répondit modestement : « C'est une chienne et non pas un chien. – Vous avez raison, reprit le premier eunuque. – C'est une épagneule très petite, ajouta Zadig. Elle a fait depuis peu des chiens ; elle boîte du pied gauche de devant, et elle a les oreilles très longues. – Vous l'avez donc vue ? dit le premier eunuque tout essoufflé. – Non, répondit Zadig, je ne l'ai jamais vue, et je n'ai jamais su si la reine avait une chienne. »

Précisément dans le même temps, par une bizarrerie ordinaire de la fortune, le plus beau cheval de l'écurie du roi s'était échappé des mains d'un palefrenier dans les plaines de Babylone. Le grand veneur[1] et tous les autres officiers couraient après lui avec autant d'inquiétude que le premier eunuque après la chienne. Le grand veneur s'adressa à Zadig et lui demanda s'il n'avait point vu passer le cheval du roi. « C'est, répondit Zadig, le cheval qui galope le mieux ; il a cinq pieds de haut, le sabot fort petit ; il porte une queue de trois pieds et demi de long ; les bossettes de son mors sont d'or à vingt-trois carats ; ses fers sont d'argent à onze deniers.

1. Responsable des chasses et de la meute du roi.

– Quel chemin a-t-il pris ? Où est-il ? demanda le grand veneur.
– Je ne l'ai point vu, répondit Zadig, et je n'en ai jamais entendu parler. »

Le grand veneur et le premier eunuque ne doutèrent pas que Zadig n'eût volé le cheval du roi et la chienne de la reine ; ils le firent conduire devant l'assemblée du grand desterham[2], qui le condamna au knout[3] et à passer le reste de ses jours en Sibérie. À peine le jugement fut-il rendu qu'on retrouva le cheval et la chienne. Les juges furent dans la douloureuse nécessité de réformer leur arrêt ; mais ils condamnèrent Zadig à payer quatre cents onces[4] d'or pour avoir dit qu'il n'avait point vu ce qu'il avait vu. Il fallut d'abord payer cette amende ; après quoi il fut permis à Zadig de plaider sa cause au conseil du grand desterham ; il parla en ces termes :

« Étoiles de justice, abîmes de science, miroirs de vérité, qui avez la pesanteur du plomb, la dureté du fer, l'éclat du diamant et beaucoup d'affinités avec l'or ! Puisqu'il m'est permis de parler devant cette auguste assemblée, je vous jure par Orosmade[5] que je n'ai jamais vu la chienne respectable de la reine, ni le cheval sacré du roi des rois. Voici ce qui m'est arrivé. Je me promenais vers le petit bois, où j'ai rencontré depuis le vénérable eunuque et le très illustre grand veneur. J'ai vu sur le sable les traces d'un animal, et j'ai jugé aisément que c'étaient celles d'un petit chien. Des sillons légers et longs, imprimés de petites éminences de sable, entre les traces des pattes, m'ont fait connaître que c'était une chienne dont les mamelles étaient pendantes, et qu'ainsi elle avait fait des petits il y a peu de jours. D'autres traces en un sens différent, qui paraissaient toujours avoir rasé la surface du sable à côté des pattes de devant, m'ont appris qu'elle avait les oreilles très longues ; et, comme j'ai remarqué que le sable était toujours moins creusé par une patte que par trois autres, j'ai compris que la chienne de notre auguste reine était un peu boiteuse, si je l'ose dire.

2. Sorte de contrôleur général des finances.
3. Bastonnade.
4. Une once = 30,59 grammes.
5. Orosmade ou Ormuzd, principe du bien dans la religion des anciens Perses, le mazdéisme.

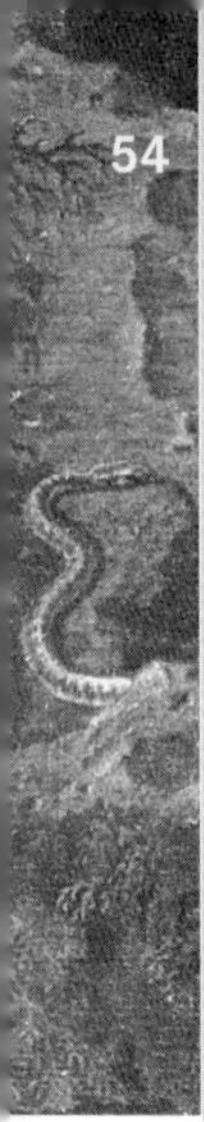

À l'égard du cheval du roi des rois, vous saurez que, me promenant dans les routes de ce bois, j'ai aperçu les marques des fers d'un cheval ; elles étaient toutes à égales distances. « Voilà, ai-je dit, un cheval qui a un galop parfait. » La poussière des arbres, dans une route étroite qui n'a que sept pieds de large, était un peu enlevée à droite et à gauche, à trois pieds et demi du milieu de la route. « Ce cheval, ai-je dit, a une queue de trois pieds et demi, qui, par ses mouvements de droite et de gauche, a balayé cette poussière. » J'ai vu sous les arbres, qui formaient un berceau de cinq pieds de haut, les feuilles des branches nouvellement tombées, et j'ai connu que ce cheval y avait touché, et qu'ainsi il avait cinq pieds de haut. Quant à son mors, il doit être d'or à vingt-trois carats : car il en a frotté les bossettes contre une pierre que j'ai reconnue être une pierre de touche[6] et dont j'ai fait l'essai. J'ai jugé enfin, par les marques que ses fers ont laissées sur des cailloux d'une autre espèce, qu'il était ferré d'argent à onze deniers de fin[7] ».

Voltaire (1694-1778), *Zadig* (1747)

1 Quelles sont les différentes déductions effectuées par Zadig ? À partir de quels indices ?

2 En quoi ces techniques de déductions ressemblent-elles à celles utilisées par Sherlock Holmes ?

6. Pierre très dure utilisée en orfèvrerie pour reconnaître les métaux précieux.

7. De métal pur.

Le Mystère de la Chambre jaune, G. Leroux (1907)

Le jeune reporter Joseph Rouletabille cherche à savoir qui a tenté d'assassiner Mathilde, la fille du célèbre professeur Stangerson, pendant que celui-ci travaillait dans son laboratoire. Mlle Stangerson est allée se coucher vers minuit. Soudain M. Stangerson entend des cris et un coup de feu. Accompagné de son serviteur, le père Jacques, il se précipite dans la chambre, mais impossible d'y pénétrer car la porte et les volets sont fermés de l'intérieur. Ils finissent pas défoncer la porte et voient Mlle Stangerson étendue au sol avec des marques de sang. Ils découvrent les marques ensanglantées d'une large main d'homme sur les murs et sur la porte. Le narrateur, ami de Rouletabille, raconte.

Je repris :

« Quelle drôle de main ! Regardez-moi cette drôle de main !

– C'est une main fort naturelle, répliqua Rouletabille, dont le dessin a été déformé par le glissement sur le mur. L'homme a essuyé sa main blessée sur le mur ! Cet homme doit mesurer un mètre quatre-vingt.

– À quoi voyez-vous cela ?

– À la hauteur de la main sur le mur… »

Mon ami s'occupa ensuite de la trace de la balle dans le mur. Cette trace était un trou rond.

« La balle, dit Rouletabille, est arrivée de face : ni d'en haut, par conséquent, ni d'en bas. »

Et il nous fit observer encore qu'elle était de quelques centimètres plus bas sur le mur que le stigmate laissé par la main.

Rouletabille, retournant à la porte, avait le nez, maintenant, sur la serrure et le verrou. Il constata « qu'on avait bien fait sauter la porte, du dehors, serrure et verrou étant encore, sur cette porte défoncée, l'une fermée, l'autre poussé, et, sur le mur, les deux gâches étant quasi arrachées, pendantes, retenues encore par une vis.

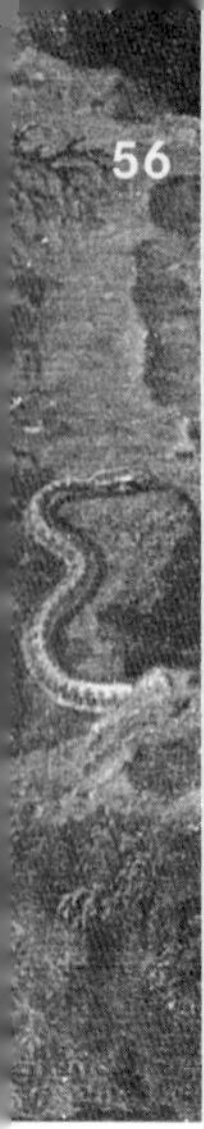

Le jeune rédacteur de *L'Époque* les considéra avec attention, reprit la porte, la regarda des deux côtés, s'assura qu'il n'y avait aucune possibilité de fermeture ou d'ouverture du verrou « de l'extérieur », et s'assura qu'on avait retrouvé la clef dans la serrure, « à l'intérieur ». Il s'assura encore qu'une fois la clef dans la serrure à l'intérieur, on ne pouvait ouvrir cette serrure de l'intérieur avec une autre clef. Enfin, ayant constaté qu'il n'y avait, à cette porte, « aucune fermeture automatique, bref, qu'elle était la plus naturelle de toutes les portes, munie d'une serrure et d'un verrou très solides qui étaient restés fermés », il laissa tomber ces mots : « ça va mieux ! » Puis, s'asseyant par terre, il se déchaussa hâtivement.

Et, sur ses chaussettes, il s'avança dans la chambre. La première chose qu'il fit fut de se pencher sur les meubles renversés et de les examiner avec un soin extrême. Nous le regardions en silence. [...]

Et, souple comme un serpent, il se glissa sous le lit.

Et le père Jacques reprit :

« Et dire, monsieur, et dire que l'assassin était caché là-dessous ! Il y était quand je suis entré à dix heures, pour fermer les volets et allumer la veilleuse, puisque ni M. Stangerson, ni Mlle Mathilde, ni moi, n'avons plus quitté le laboratoire jusqu'au moment du crime. »

On entendait la voix de Rouletabille, sous le lit :

« À quelle heure, monsieur Jacques, M. et Mlle Stangerson sont-ils arrivés dans le laboratoire pour ne plus le quitter ?

– À six heures ! »

La voix de Rouletabille continuait :

« Oui, il est venu là-dessous… c'est certain… Du reste, il n'y a que là qu'il pouvait se cacher… »

[...]

« Dites donc ! s'écria le reporter, toujours sous le lit, elle a été bien remuée, cette carpette-là ?

– Par nous, monsieur, expliqua le père Jacques. Quand nous n'avons pas trouvé l'assassin, nous nous sommes demandés s'il n'y avait pas un trou dans le plancher…

– Il n'y en a pas, répondit Rouletabille. Avez-vous une cave ?

– Non, il n'y a pas de cave… Mais cela n'a pas arrêté nos recherches et ça n'a pas empêché M. le juge d'instruction, et surtout son greffier, d'étudier le plancher planche à planche, comme s'il y avait eu une cave dessous… »

Le reporter, alors, réapparut. Ses yeux brillaient, ses narines palpitaient ; on eût dit un jeune animal au retour d'un heureux affût… Il resta à quatre pattes. En vérité, je ne pouvais mieux le comparer dans ma pensée qu'à une admirable bête de chasse sur la piste de quelque surprenant gibier… Et il flaira les pas de l'homme, de l'homme qu'il s'était juré de rapporter à son maître, M. le directeur de *L'Époque*, car il ne faut pas oublier que notre Joseph Rouletabille était journaliste !

Ainsi, à quatre pattes, il s'en fut aux quatre coins de la pièce, reniflant tout, faisant le tour de tout, de tout ce que nous voyions, ce qui était peu de choses, et de tout ce que nous ne voyions pas et qui était, paraît-il, immense.

La table-toilette était une simple tablette sur quatre pieds ; impossible de la transformer en une cachette passagère… Pas une armoire… Mlle Stangerson avait sa garde-robe au château.

Le nez, les mains de Rouletabille montaient le long des murs, qui étaient partout de brique épaisse. Quand il eut fini avec les murs et passé ses doigts agiles sur toute la surface du papier jaune, atteignant ainsi le plafond auquel il put toucher, en montant sur une chaise qu'il avait placée sur la table-toilette, et en faisant glisser autour de la pièce cet ingénieux escabeau ; quand il eut fini avec le plafond où il examina soigneusement la trace de l'autre balle, il s'approcha de la fenêtre et ce fut encore le tour des barreaux et celui des volets, tous bien solides et intacts. Enfin, il poussa un « ouf ! » de satisfaction et déclara que, « maintenant, il était tranquille ! »

« Eh bien, croyez-vous qu'elle était enfermée, la pauvre chère mademoiselle quand on nous l'assassinait ! Quand elle nous appelait à son secours !… gémit le père Jacques.

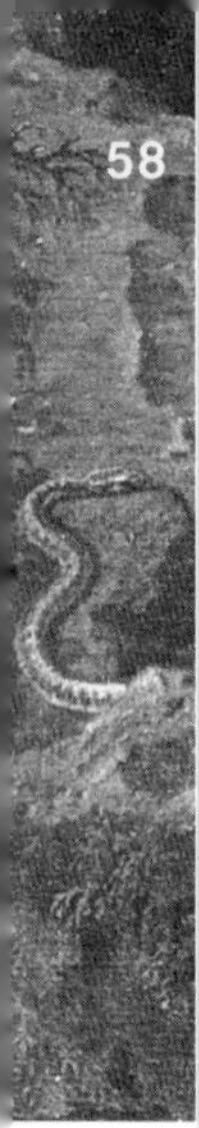

– Oui, fit le jeune reporter, en s'essuyant le front… la Chambre jaune était, ma foi, fermée comme un coffre-fort…

– De fait, observai-je, voilà bien pourquoi ce mystère est le plus surprenant que je connaisse, même dans le domaine de l'imagination. Dans le *Double Assassinat de la rue Morgue*, Edgar Poe n'a rien inventé de semblable. Le lieu du crime était assez fermé pour ne pas laisser échapper un homme, mais il y avait encore cette fenêtre par laquelle pouvait se glisser l'auteur des assassinats… Mais ici, il ne saurait être question d'aucune ouverture d'aucune sorte. La porte close et les volets fermés comme ils l'étaient, et la fenêtre fermée comme elle l'était, une mouche ne pouvait entrer ni sortir !

– En vérité ! En vérité ! acquiesça Rouletabille, qui s'épongeait toujours le front, semblant suer moins de son récent effort corporel que de l'agitation de ses pensées. En vérité ! C'est un très grand et très beau et très curieux mystère !…

Le Mystère de la Chambre jaune, Gaston Leroux,
Ch. VII, *Où Rouletabille part en expédition sous le lit.*

3 Qui raconte l'histoire ? Comparez avec le récit de Conan Doyle.

4 Qui est la victime ?

5 **a.** Quelle particularité la Chambre jaune offre-t-elle au moment du méfait ? Relevez des expressions précises.

b. Comparez avec la chambre dans laquelle a été tuée Julie Stoner.

6 **a.** Qui est l'enquêteur ? Quel métier a-t-il par ailleurs ?

b. Relevez les mots et expressions qui témoignent de son travail d'investigation et d'observation.

Analyser une image

Illustration de Némecek (p. 43)

La description de l'image

7 Décrivez l'image.

a. Que voyez-vous au premier, second et arrière-plan ?

b. Identifiez les personnages.

c. Décrivez le décor.

La fonction illustrative de l'image

8 **a.** Retrouvez le passage précis du texte que le dessinateur a choisi d'illustrer.

b. Quel moment de l'histoire est représenté ?

c. Quels éléments du texte l'illustrateur a-t-il retenus (vêtements, décor, expression…) ?

9 **a.** Relisez la description du visiteur l. 441-478. L'illustrateur a-t-il tenu compte de cette description ?

b. Quelle image donne-t-il de Holmes ? Est-elle conforme à celle que vous avez de lui ?

10 Où est placé le regard du spectateur ? Comment l'illustrateur a-t-il créé un effet de dramatisation ?

Enquête (déroulement)

Lorsqu'il a eu connaissance du méfait (crime, tentative de crime, vol...), l'enquêteur mène l'enquête : il examine les faits et les indices, effectue des déductions et élabore une hypothèse, vérifie l'hypothèse sur le terrain. À la fin du récit policier, l'enquêteur fournit l'explication de l'énigme. Des connecteurs chronologiques (quand, lorsque...) et/ou logiques (si, comme, parce que, donc) marquent la progression du raisonnement.

Enquêteur

Dans un récit policier, l'enquêteur est celui qui résout l'énigme et arrête le coupable. Il peut être amateur ou professionnel, solitaire ou accompagné... Sa méthode varie selon sa personnalité : travail intellectuel de déduction, intuition, action... Dans la plupart des récits policiers traditionnels, l'enquêteur incarne des valeurs : justice, vérité.

Indices

On appelle indices toutes les traces laissées volontairement ou involontairement par le coupable. L'enquêteur (et le lecteur) en identifiant et en reliant les indices peut faire progresser l'enquête. Certains indices sont destinés à tromper l'enquêteur (et le lecteur) et l'écarter de la vérité : ils constituent alors ce que l'on appelle de fausses pistes.

Lieu clos

Le crime commis dans un local hermétiquement fermé de l'intérieur ou inaccessible (une maison, un bateau, une île...) a fasciné beaucoup d'auteurs de romans policiers. De ce fait, il constitue un ingrédient caractéristique du roman policier.

Mise en place de l'intrigue

Le récit policier peut commencer par présenter une situation initiale (présentation des lieux, des personnages…) avant d'introduire l'élément qui déclenchera l'action. Il peut commencer aussi au plein cœur de l'action, par la présentation de l'énigme (événements mystérieux).
Le cadre d'un récit policier est réaliste : les lieux, les personnages, les modes de vie sont inspirés de la réalité, de façon à ce que le lecteur ait l'illusion du vrai.

Ordre de la narration

La narration peut suivre l'ordre chronologique ou être bouleversée par des retours en arrière.
Dans le récit policier, ce procédé est fréquemment utilisé : il arrive en effet souvent que des personnages procèdent à des retours en arrière pour exposer une situation.

Paroles rapportées

Le narrateur peut choisir de faire parler les personnages directement (style direct) ou de rapporter leurs paroles indirectement par des propositions subordonnées (style indirect). Dans ce dernier cas, il peut alors résumer les paroles, en modifier la forme.
L'emploi du style direct peut permettre de caractériser un personnage mais aussi de donner vie au récit et de ménager un intérêt dramatique.

Point de vue

Déterminer le point de vue, c'est préciser ce que le narrateur donne à connaître des personnages et des événements.
Le narrateur peut adopter :
– un point de vue omniscient : le narrateur témoigne d'une connaissance parfaite des personnages et de la situation ;

– un point de vue interne : les informations sont perçues à travers un personnage, le lecteur ne connaît alors que ce que ce personnage sait, voit et comprend ;
– un point de vue externe : le narrateur limite l'information à ce que pourrait voir un témoin extérieur, il feint d'ignorer ce que pensent les personnages.

Récit à énigme

Le récit à énigme ou *detective-story* (roman de détectives) est issu de la littérature policière anglaise. Il présente au lecteur une énigme à résoudre et privilégie la déduction. L'énigme repose sur un méfait (crime, vol, enlèvement, agression…) qui a été commis dans des conditions mystérieuses et incompréhensibles.

Récit rétrospectif

Il arrive que le narrateur raconte une histoire qui lui est arrivée et dont il a été le témoin : il fait alors un récit qu'on appelle rétrospectif.

Statut du narrateur

Identifier le statut du narrateur, c'est identifier qui raconte l'histoire et dire s'il est ou non personnage de l'histoire qu'il raconte.
Le narrateur du récit policier peut être extérieur à l'histoire (récit à la 3e personne). Il peut être personnage de l'histoire (l'enquêteur, un ami de l'enquêteur tel que Watson, la victime ou parfois même le meurtrier).

Suspect

Le suspect est celui qui est désigné comme coupable sur la foi d'un certain nombre d'indices.

Suspense

Procédé visant à créer un effet d'attente pour faire monter la peur.